ESTAÇÃO MUNDO
MOBILIDADE

KIARA TERRA

Ilustrações: Mauricio Pierro

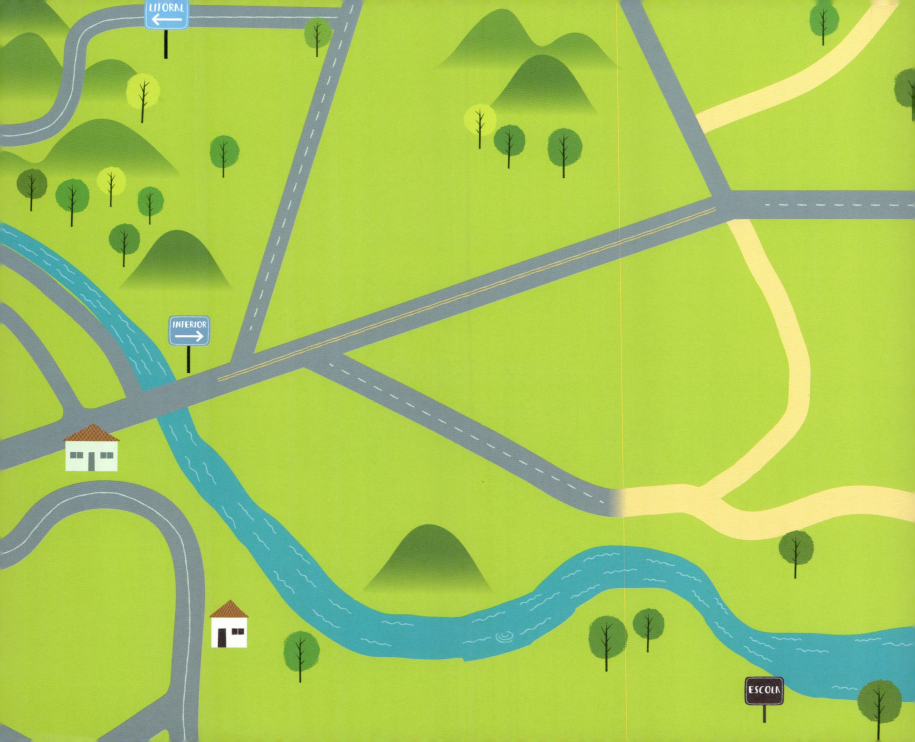

A gente se move e o mundo muda

Imagine só: no início dos tempos, a única forma pela qual homens, mulheres e crianças podiam ir a algum lugar era com os próprios pés, muitas vezes andando vários dias para chegar ao seu destino.

Depois, vieram as viagens a cavalo, em carroças e em barcos, que eram as opções mais confortáveis e velozes da época. Hoje, muitos meios de transporte motorizados percorrem grandes distâncias em apenas algumas horas, entre eles o trem, o metrô, o ônibus, o carro, a motocicleta e o avião.

Você já parou para pensar como isso mudou a maneira como percebemos o tempo e traçamos nossos caminhos dia após dia? Contar com novos modos de se locomover, vencendo trajetos difíceis em menos tempo, fez com que pessoas que não se conheciam se conhecessem e aprendessem umas com as outras diferentes formas de levar a vida, novos costumes e jeitos de falar. Deslocando-se de um lugar a outro, elas puderam trocar muitas histórias e, assim, moveram também seus pensamentos e seu coração. Com isso, o mundo conhecido foi ficando maior e cada vez mais diversificado.

VOCÊ SABIA

que, antes da invenção do mapa e da bússola, as pessoas se orientavam pelo céu?

O movimento aparente do Sol (de leste para oeste) e a posição fixa das estrelas, por exemplo, serviam de orientação para viajantes e navegantes!

O CÉU COMO GUIA

SE VOCÊ ESTIVESSE EM UM LOCAL ONDE NÃO HÁ REFERÊNCIA ALGUMA, COMO UM RIO, UMA COLINA OU UMA ESTRADA, CONSEGUIRIA DIZER SE É LESTE, OESTE, NORTE OU SUL APENAS OLHANDO PARA A DIREÇÃO EM QUE O SOL NASCE OU SE PÕE?

Para não se perder no caminho

Como havia cada vez mais gente indo e vindo de um lugar a outro, foi preciso organizar o tráfego. Estradas, ruas e calçadas tiveram de ser construídas. Mas não só isso: os mapas se tornaram fundamentais para orientar as pessoas durante as viagens e mesmo nas cidades em crescimento. Quer saber como?

Imagine que você, um amigo e os pais dele vão a um lugar ao qual nunca foram. Vocês não conhecem bem o caminho e se perdem. E agora? Calma, vocês não precisam se sentir como navegantes em alto-mar, sem rumo diante de um céu nublado! Isso porque hoje existem muitas formas de orientar as pessoas no espaço.

Uma dessas formas é a paisagem. Olhe em volta. Grandes avenidas e edifícios, assim como rios, mares e montanhas, costumam ser referências muito importantes. E as informações dadas pelos moradores também ajudam bastante: "Siga por ali", "Vá por aqui", "Vire a esquina depois da igreja, atravesse a praça e dobre à direita na rua da padaria"...

Outras formas de orientação são os mapas, o GPS e os aplicativos de navegação. Por exemplo, se vocês estiverem usando trem, ônibus ou metrô, podem se orientar pelos aplicativos de mobilidade para transportes coletivos ou pelos mapas expostos nas estações de trem e de metrô, nos pontos de ônibus e no interior dos veículos. Se estiverem a pé ou de carro, uma boa opção é consultar o GPS ou algum aplicativo de navegação. Eles ajudam pedestres e motoristas a percorrer trajetos que não conhecem e também a escapar do trânsito.

Você sabia que muitas cidades têm um marco zero, que indica onde a cidade começou a se formar?

Na minha cidade, São Paulo, esse ponto é uma praça com uma grande igreja chamada Catedral da Sé. E na sua?

ESPAÇO MAPEADO

PRESTE ATENÇÃO ÀS CONSTRUÇÕES, AOS NOMES DAS RUAS E À VEGETAÇÃO QUE EXISTEM ENTRE SUA RUA E A DE SUA ESCOLA. SE TIVESSE DE EXPLICAR A UM COLEGA QUE MORA PERTO DA ESCOLA COMO CHEGAR ATÉ SUA CASA, QUAIS PONTOS DE REFERÊNCIA VOCÊ USARIA PARA INDICAR O CAMINHO PARA ELE?

Para convivermos bem

Se nos deslocamentos as pessoas fizessem o que lhes desse na cabeça, haveria muita confusão e, provavelmente, ninguém sairia do lugar. Daí a importância de a locomoção nas ruas, calçadas, estradas e rodovias ser organizada segundo certas regras de trânsito, evitando acidentes e garantindo mobilidade adequada a todos. As regras que valem para mim valem também para você, para ele, para ela e para aquele outro ali.

Logo aprendemos algumas dessas regras, como olhar para os dois lados antes de atravessar uma rua, caminhar sobre a faixa apenas quando o semáforo de pedestres estiver verde e, no caso de carros, motos, bicicletas, ônibus e caminhões, parar nos cruzamentos quando o semáforo de veículos estiver vermelho e avançar no verde.

Em pensamento, você pode viajar a mil por hora, mas na vida real há limites que devem ser respeitados. Se você corresse ou pedalasse em disparada sem olhar para quem está na frente, seria trombada na certa, né? Então imagine quem está em um carro ou em uma moto.

Para saber quais são os limites de velocidade, basta olhar as placas de trânsito: em geral, 40 ou 50 quilômetros por hora nas ruas da cidade, 60 a 90 em vias maiores e até 120 em uma rodovia, dessas que levam a gente de uma cidade a outra.

As placas de trânsito podem sinalizar muitas coisas, dentro das cidades e fora delas: regras; perigo; pontos de atenção; bairros, ruas e cidades; pontos turísticos... Por exemplo, algumas placas alertam para a possível presença de animais selvagens perto da pista e outras informam que estamos próximos de área escolar. Há, ainda, as que chamam a atenção para a existência de rios e de cruzamento entre uma rodovia e uma ferrovia. Tem também as que advertem para obras na via e para locais que costumam alagar em épocas de chuva.

Você sabia que, para dirigir um veículo, é preciso
saber as regras de trânsito e passar em uma prova de direção?
E que as cartas de motorista ou carteiras de habilitação
são diferentes para quem dirige carro,
ônibus, caminhão e moto?

DE OLHO NA SINALIZAÇÃO

DA PRÓXIMA VEZ QUE FOR DE CASA PARA A ESCOLA,
OBSERVE AS PLACAS DE TRÂNSITO DURANTE O TRAJETO.
QUE TAL CONTAR QUANTAS EXISTEM NO CAMINHO E PROCURAR
SABER O QUE SIGNIFICAM AS DE QUE VOCÊ MAIS GOSTOU?

Cada cidade, uma surpresa

Algumas cidades são tão pequenas que as pessoas se conhecem pelo nome. As distâncias são curtas e dá para ir à escola de patinete, bicicleta, *skate*, patins ou a pé. Também é possível brincar na rua, porque quase não há trânsito.

Outras cidades são maiores, e as distâncias também. Então, muitos moradores usam moto, carro ou ônibus para se locomover de um ponto a outro. Nem todos se conhecem pelo nome e as crianças em geral brincam em ruas sem saída ou de pouco movimento de veículos.

Por fim, existem as metrópoles globais (São Paulo e Rio de Janeiro), nacionais (Porto Alegre, Belo Horizonte, Brasília, Fortaleza, Salvador e Curitiba) e regionais (Goiânia, Belém e Manaus). Como são muitos habitantes, é impossível conhecer a maior parte deles.

Essas imensas cidades têm tantas ruas, tantas avenidas e tantos bairros que é difícil se movimentar por grandes distâncias sem o apoio de pontos de referência, mapas, GPS e aplicativos de trânsito e navegação. Há poucas ruas nas quais se pode brincar. Por isso, as praças e os parques são muito importantes: em geral, é neles onde se pode passear e se divertir ao ar livre, como se faz nas cidades menores!

Para que essa quantidade de gente possa se locomover de um lugar a outro, às vezes por longas distâncias, é preciso combinar vários tipos de transporte: carro, ônibus, metrô, moto, bicicleta, trem, caminhão, bonde, táxi e até barco, teleférico, helicóptero e avião.

O deslocamento das pessoas nas metrópoles é tão intenso que, em alguns horários do dia, costuma ocorrer congestionamento de veículos nas ruas e avenidas e superlotação nos ônibus, trens e metrô. Toda essa movimentação acaba criando uma música típica dos grandes centros urbanos: um fala, outro buzina, um carro passa, pedestres atravessam na faixa, uma ambulância acelera com a sirene ligada, um ônibus freia, um cachorro late, uma criança ri.

Você sabia que, na cidade de São Paulo,
existem aproximadamente 6 milhões de carros?
Isso mesmo! Já imaginou se todos ocupassem as vias da cidade
ao mesmo tempo? Ninguém sairia do lugar.

LADO A LADO

AO SE DESLOCAR PELO SEU BAIRRO, PRESTE ATENÇÃO AOS PEDESTRES E TENTE IMAGINAR A IDADE E O JEITO DE VIVER DELES. AGORA, OBSERVE BEM SUA RUA. VOCÊ SABE QUEM SÃO SEUS VIZINHOS? QUANTOS VOCÊ CONHECE PELO NOME?

Uma rua, muitas histórias

Nos diversos tipos de rua que existem (de asfalto ou terra, larga ou estreita, plana ou íngreme, longa ou curta, com ou sem saída), vivem pessoas diferentes, com estilos de vida distintos, e suas histórias convivem no mesmo espaço e tempo. No bairro onde um maratonista corre muito rápido, pode haver um pai que vai às compras com os filhos gêmeos em um carrinho pela calçada, um avô que caminha com a ajuda de uma bengala, um jovem que tem baixa visão e uma mulher que vai apressada para o trabalho. As ruas e outras vias urbanas, como avenidas, viadutos e túneis, precisam acolher todas as pessoas. Afinal, foram feitas por elas e para elas!

Andar na cidade pode ser um desafio para qualquer um, mas é ainda maior para as pessoas com deficiência visual e para as que se locomovem com o apoio de bengala ou muletas ou em cadeira de rodas. Pisos táteis, que ajudam a sentir o caminho pelo toque dos pés, e semáforos de pedestres com avisos sonoros são fundamentais para pessoas cegas ou com baixa visão, assim como calçadas com rampas, elevadores e plataformas de acessibilidade em prédios públicos para aquelas com mobilidade reduzida.

Ruas bem iluminadas e sinalizadas, calçadas amplas, sem rachaduras nem buracos e com rampas, faixas de pedestres nos cruzamentos... Tudo isso favorece a mobilidade urbana e dá segurança a todos!

Você sabia que, nos lugares onde existem menos carros, não só a quantidade de acidentes é menor, mas também a poluição sonora e a do ar?

O OUTRO SOU EU

IMAGINE UMA CIDADE QUE ATENDE BEM CICLISTAS, MÃES E PAIS COM BEBÊ DE COLO, PESSOAS COM DEFICIÊNCIA VISUAL OU QUE USAM BENGALA E CADEIRANTES. COMO SERIAM AS RUAS DESSA CIDADE?

VAMOS NESSA?

EXISTEM MUITOS MODOS DE SE LOCOMOVER E MUITAS CIDADES POR ONDE ANDAR, CADA UMA DELAS COM SEUS DESAFIOS. ENTÃO, COMO ESCOLHER AS MANEIRAS DE IR E VIR? VENHA COMIGO! VAMOS PENSAR JUNTOS SOBRE OS PRINCIPAIS MEIOS DE LOCOMOÇÃO.

A PÉ
Andar não polui e ainda faz bem à saúde! A pé a gente conhece melhor a cidade, seus moradores e seus estilos de vida. Mas, atenção! Atravessar a rua fora da faixa pode causar acidentes! As cidades devem oferecer boas calçadas aos pedestres, com árvores que lhes deem sombra, e ruas bem sinalizadas.

BICICLETA
Ela flui na cidade e é um transporte que não polui! O ideal é andar pelas ciclovias, que são mais seguras, sempre usando capacete. Pedalar pelas ruas só com cuidado redobrado e a supervisão de um adulto. E nem pensar em circular entre os veículos, muito menos pela calçada, para não atropelar um pedestre!

MOTOCICLETA
Além de veloz, tem lugar para carona e bagageiro! Pode levar passageiro e encomendas. Normalmente faz trajetos longos com mais rapidez que a bicicleta, mas em qualquer situação o motociclista tem de andar de capacete e tomar cuidado para não se desequilibrar.

BARCO
É pouco poluente e muito eficaz para percorrer grandes distâncias. Como o barco balança, é preciso equilibrar o peso e respeitar a lotação máxima. Quem entra primeiro vai para uma das pontas. O segundo senta do lado e assim por diante. Depois, é só aproveitar a paisagem e o barulhinho da água!

NAVIO
Foi muito usado para transportar pessoas, antes da invenção dos carros e aviões. Hoje, além dos passeios turísticos, eles servem para levar grandes cargas de um lugar para outro, como alimentos, roupas, petróleo e todo tipo de equipamento pesado.

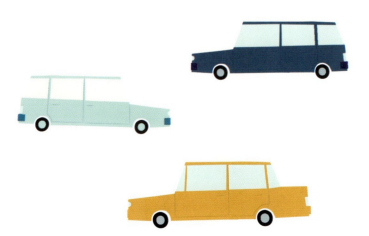

CARRO
Tanto particular como táxi, o carro é cômodo para se deslocar, porém costuma causar poluição do ar e sonora, além de ocupar muito espaço nas cidades. Por isso, é legal compartilhar as viagens com outras pessoas: mais gente se desloca em apenas um veículo! O motorista deve respeitar pedestres, ciclistas e motociclistas e andar dentro dos limites de velocidade.

ÔNIBUS

Transporta muita gente de uma vez só! Se for pelos corredores de ônibus, então, vai bem rápido. E as regras são simples: antes de entrar, espere que os passageiros saiam; dê seu assento para pessoas com dificuldade de locomoção ou com bebê no colo, grávidas e idosos; e não fique na porta se não for descer logo.

AVIÃO

É o meio de transporte de passageiros mais rápido que existe. Percorre grandes distâncias e pode ir de um continente a outro em apenas algumas horas de voo. Antes de sua invenção, as pessoas passavam meses em um navio para viajar para países do outro lado do oceano!

METRÔ E TREM

Percorrem grandes distâncias com menos paradas que o ônibus e transportam mais pessoas! São rápidos, seguros, silenciosos, e você ainda pode viajar com sua bicicleta no vagão. As regras são as mesmas do ônibus.

Você sabia que, em vários locais da Amazônia, o principal meio de transporte são os barcos e as voadeiras, que são canoas com motor de popa?

O caminho pelas águas é mais tranquilo e dá para se locomover na companhia dos botos, fim-fins, japacanins e tucunarés. Em vez de ir a pé, os alunos esperam o barco na beira do rio para ir à escola!

A VIDA EM MINUTOS

QUANTOS MINUTOS VOCÊ LEVA PARA IR DE CARRO DA SUA CASA ATÉ A ESCOLA?
QUANTOS MINUTOS VOCÊ GASTARIA SE FOSSE A PÉ?
QUANTOS MINUTOS SEUS PAIS GASTAM NO SUPERMERCADO?
QUANTOS MINUTOS VOCÊ LEVA PARA COMER?
QUANTOS MINUTOS VOCÊ DEMORA PARA ABRIR UM PRESENTE?
QUAIS SÃO OS MINUTOS MAIS LEGAIS DO SEU DIA?

UMA CARTA QUE NÃO É DE MOTORISTA

Queridas leitoras, queridos leitores,

No tempo dos meus avós, as pessoas achavam que uma cidade boa era aquela que tinha avenidas largas e todo mundo andava de carro. Quando meus pais eram crianças, eles ainda pensavam assim. Hoje, com as ruas congestionadas, descobrimos uma coisa muito simples: as ruas foram feitas para as pessoas e não para os carros, e, com meios de transporte diferentes, todos andam melhor.

Mas preste atenção: o que dá certo em uma cidade pode não dar em outra! As ciclovias, por exemplo, são ideais para escapar dos congestionamentos, só que não funcionam tão bem em uma cidade com muitas ladeiras. Nas cidades grandes, as linhas de metrô e trem são ótimas opções, pois percorrem grandes distâncias e levam muita gente. Trajetos de ônibus são bons em qualquer lugar.

Uma cidade boa para morar é aquela em que todos convivem e se respeitam. Quanto mais coisas fazemos na rua, melhor ela fica. E há muitas: caminhar; ir a parques, museus, cinemas; tomar sorvete; visitar um amigo; andar de bicicleta... Já pensou poder fazer tudo isso perto de casa e chegar aos lugares com facilidade? O tempo gasto na locomoção poderia ser aproveitado em várias outras atividades!

Gosto de pensar que a cidade é das pessoas e que, desde muito jovem, elas têm o mundo para descobrir. Para a maioria da população, o transporte público é o único jeito de se locomover. Por isso, para mim, ele é o bem mais precioso. Que ideia brilhante pensar em um modo de transporte que não deixe ninguém de fora! Ao olhar um ônibus, um barco, um trem ou o metrô, lembre-se que são eles que garantem o direito de ir e vir.

Enquanto eu escrevia este livro, me lembrei dos lugares aos quais ia quando era pequena e comecei a ver a cidade onde moro de um jeito diferente. Por isso, quero convidar você a olhar bem para sua cidade e pensar nas coisas de que mais gosta e menos gosta nela.

Imagine que você é especialista em planejar cidades e tem como tarefa melhorar a mobilidade do bairro onde mora. O que você faria? Que tal começar variando os modos de locomoção? Se nossos antepassados criaram tantas formas de ir e vir, agora é hora de inventar outras maneiras de seguirmos juntos. Afinal, as cidades são nossas. Vamos?

Kiara Terra

A autora Kiara Terra nasceu em São Paulo, quase na noite de São João, e sempre gostou de inventar palavras. Fez arte dramática no Célia Helena Teatro-Escola e Comunicação das Artes do Corpo na PUC-SP. Aos 19 anos, começou a contar histórias, ouvir as perguntas do público e, assim, criou A História Aberta, um método que mistura oralidade, improvisação e perguntas curiosíssimas. Os professores se interessaram por essas histórias e, a partir daí, ela passou a viver uma intensa e surpreendente jornada formando educadores pelo Brasil. E viajou bastante por iniciativas ligadas à defesa dos direitos das crianças e jovens. Kiara conta as suas histórias em exposições de arte, viradas culturais, parques, escolas, em ruas que são rios. Em 2019, resolveu atravessar o mar e ir a Portugal fazer um mestrado e conhecer as perguntas de lá.

O ilustrador Mauricio Pierro nasceu em São Paulo, capital, em 1975. É artista e ilustrador autodidata e *designer* gráfico, formado em Propaganda e Marketing pela Escola Superior de Propaganda e Marketing. Começou sua vida profissional trabalhando em escritórios de *design*, com programação visual. Desde 2000 tem o próprio estúdio, onde desenvolve materiais publicitários e ilustrações para *comics* e livros infantis.

© Kiara Terra, 2018

Coordenação editorial: Graziela Ribeiro dos Santos e Olívia Lima
Projeto editorial e edição: Vanessa Ferrari
Preparação: Marcia Menin
Revisão: Carla Mello Moreira
Consultoria técnica: Flávio Manzatto de Souza

Projeto gráfico e edição de arte: Rita M. da Costa Aguiar
Produção industrial: Alexander Maeda
Impressão: Ricargraf

Dados Internacionais de Catalogação na Publicação (CIP)
(Câmara Brasileira do Livro, SP, Brasil)

Terra, Kiara
   Estação mundo : mobilidade / Kiara Terra ;
ilustrações Mauricio Pierro. -- São Paulo :
Edições SM, 2019.

   ISBN 978-85-418-2041-7

   1. Ficção - Literatura infantojuvenil
I. Pierro, Mauricio. II. Título.

18-26269   CDD-028.5

Índices para catálogo sistemático:

1. Ficção : Literatura infantil 028.5
2. Ficção : Literatura infantojuvenil 028.5

Iolanda Rodrigues Biode - Bibliotecária - CRB-8/10014

1ª edição junho de 2019
8ª impressão 2025

Todos os direitos reservados à
SM Educação
Avenida Paulista 1842 – 18°Andar, cj. 185, 186 e 187
– Cetenco Plaza
Bela Vista 01310-945 São Paulo SP Brasil
Tel. (11) 2111-7400
atendimento@grupo-sm.com
www.smeducacao.com.br

Fontes: Bell Gothic e Prater Block Pro
Papel: *Couché* fosco 170 g/m²